C'EST ICI QUE TOUT COMMENCE

Il faut lire les cases dans l'ordre des chiffres indiqués et, à l'intérieur de chaque case, suivre l'ordre alphabétique. Bonne lecture.

涼風
SUZUKA
VOLUME 4
KOUJI SEO

SOMMAIRE

涼風 SUZUKA

#23 KAZUKI

* AÎNÉ. SE DIT D'UNE PERSONNE QUI A PLUS D'ANCIENNETÉ OU D'EXPÉRIENCE.

* LE DEUXIÈME CARACTÈRE QUI COMPOSE LE NOM DE SUZUKA SE LIT HABITUELLEMENT "KAZE". KAZUKI FAIT EXPRÈS DE MAL PRONONCER SON PRÉNOM POUR L'AGACER.

KAZUKI EST LE SEUL À AVOIR ÉTÉ SÉLECTIONNÉ POUR LE CHAMPIONNAT NATIONAL EN 1RE ET EN 2E ANNÉE.
...
EH OUAIS.
LA PETITE LARVE DE MIYAMOTO N'EST PAS À LA HAUTEUR !
PETITE LARVE
C'EST SUFFISANT POUR DEVENIR CAPITAINE, TU NE CROIS PAS ?
TOI, TU N'AS JAMAIS DÉPASSÉ LE STADE DES DÉPARTEMENTALES, ALORS VAUDRAIT MIEUX M'ÉCOUTER !
TES RÉSULTATS AU CHAMPIONNAT NATIONAL N'ÉTAIENT PAS BRILLANTS, IL ME SEMBLE, PAS LA PEINE DE LA RAMENER !
EH ! TU ME CHERCHES OU QUOI ?!
ALLONS, ALLONS. ARRÊTEZ UN PEU DE VOUS CHAMAILLER.
À PARTIR DE DEMAIN, TÂCHEZ DE BIEN VOUS ENTENDRE !
PAS DE PROBLÈME.
HEIN, SUZUKAZE ?
MON NOM, C'EST SUZUKA !
IL LE FAIT EXPRÈS, C'EST PAS POSSIBLE !

LE LENDEMAIN...
TOHU
BOHU
ON EST LÀ POUR S'AMUSER, À LA FIN !
ARRÊTE DE TOUT PRENDRE AU SÉRIEUX !
J'AI QUAND MÊME LE DROIT DE M'ENTRAÎNER COMME JE L'ENTENDS, NON ?!
D'AILLEURS, UN PEU PLUS DE RIGUEUR NE TE FERAIT PAS DE MAL !
C'EST LÉGÈREMENT TENDU ENTRE NOS DEUX CHAMPIONS...
C'EST ENCORE PIRE DEPUIS QUE LES 3E ONT ARRÊTÉ...
ESSAIE DE LES CALMER, MIYAMOTO.
LAISSONS-LES.
APRÈS TOUT, C'EST IMPORTANT D'ÉCHANGER SES POINTS DE VUE SUR LA MANIÈRE DE S'ENTRAÎNER.
EH ! MIYAMOTO ! TU VEUX PAS ESSAYER DE LA RAISONNER UN PEU ? ELLE EST COMPLÈTEMENT BORNÉE !
C'EST LUI QUI EST STUPIDE, OUI !
DÉSOLÉ, JE SUIS NEUTRE.
TSS !
TU TE DÉFILES, HEIN ?

DÉCIDÉMENT, IL M'ÉNERVE TROP !
COMMENT PEUT-IL ÊTRE LE CAPITAINE ?!
DEPUIS LORS...
IL N'A EU DE CESSE DE ME CHERCHER DES POUX À LA PREMIÈRE OCCASION.
JE T'AVAIS DIT DE CUIRE LES SAUCISSES À LA POÊLE !
C'EST MEILLEUR BOUILLI !
J'AI ACHETÉ DIX SETS DE STARTING BLOCKS.
ON EN A PAS BESOIN DE TANT !
FWAP
IL N'ARRÊTAIT PAS DE FAIRE N'IMPORTE QUOI ET DE DONNER DES INSTRUCTIONS SAUGRENUES.
IL AVAIT LA GROSSE TÊTE PARCE QU'IL COURAIT UN PEU PLUS VITE QUE LES AUTRES.
D'AILLEURS, IL FUT AUSSI SÉLECTIONNÉ POUR LE TOURNOI NATIONAL D'HIVER.
TANDIS QUE MOI...
UN STYLO ...
JE N'ARRIVAIS TOUJOURS PAS À PASSER LES RÉGIONALES.
JE LE DÉTESTE,
CE SALE TYPE !!

ET PUIS, L'ANNÉE SUIVANTE, LORS DE LA RENCONTRE D'ÉTÉ...
LIGUE NATIONALE DES COLLÈGES SÉLECTIONS DÉPARTEMENTALES DE KANAGAWA
EN FIN DE COMPTE, ON EST PAS BEAUCOUP À ÊTRE QUALIFIÉS...
IL N'Y A QUE NOUS TROIS.
...
C'ÉTAIT DE JUSTESSE.
BIEN JOUÉ, MIYAMOTO !
...
MAIS SUZUKA ET TOI...
VOUS AVEZ VOS CHANCES POUR LE CHAMPIONNAT NATIONAL.
MOI, PEUT-ÊTRE, MAIS PAS ELLE.
AH OUI ?! ET QU'EST-CE QUI TE FAIT DIRE ÇA ?!
TU LE SAIS BIEN.
TU ES TROP SENSIBLE À LA PRESSION ET QUAND TU STRESSES, TU ES INCAPABLE DE DONNER LE MEILLEUR DE TOI.
C'EST TON POINT FAIBLE !
...

OUAAAAH
SBLANG
DEUXIÈME ESSAI RATÉ POUR LE Nº 16 !
HAA
HAA
MERCI DE LAISSER LA PLACE AU SAUTEUR SUIVANT !
...
OUPS ! DÉSOLÉE !
OUAAAH
MES APPUIS NE SONT PAS BONS DU TOUT.
LA TRAJECTOIRE DE MON SAUT NON PLUS.
ET DIRE QUE JE SUIS LA SEULE REPRÉSENTANTE DE NOTRE COLLÈGE POUR LE SAUT EN HAUTEUR...

IL FAUT CROIRE QUE KAZUKI AVAIT RAISON...
SUZUKA N'EST PEUT-ÊTRE PAS DE TAILLE...
N° 16, 3E ESSAI !
TODOM
C'EST MA DERNIÈRE CHANCE. SI J'ÉCHOUE, ADIEU LA QUALIFICATION...
TODOM
TODOM
LA CATASTROPHE !
C'EST TON POINT FAIBLE !
JE SAIS BIEN !
MAIS QU'EST-CE QUE JE PEUX Y FAIRE ?!
V... VOILÀ ...
SUZUKAZE !
?!
GLUPS

POSITIVE UN PEU !
TU PEUX PASSER CETTE HAUTEUR LES DOIGTS DANS LE NEZ !
K... KAZUKI...
QUI C'EST ?
JE SAIS PAS...
BON, OK ! JE VAIS T'ENCOURAGER !
PAM PAM
PAPAM
GO ! GO ! GO !
ARRÊTE, TU ME FAIS HONTE !
CRÉTIN !
HEIN ?!
DU CALME OU JE TE DISQUALIFIE, PETIT !
QUOI ?! OK, J'ARRÊTE ! PROMIS !

...!
...!
QUEL IMBÉCILE ...
NUMÉRO 16 ! C'EST À VOUS !
J'ARRIVE !
FWASH
JE N'AI PAS BESOIN DE TES ENCOURAGEMENTS POUR PASSER CETTE BARRE.
LE NUMÉRO 16... EST QUALIFIÉ !
OUAAAH

RAPPROCHEZ-VOUS ENCORE UN PEU.
ÇA CRAINT COMME PHOTO, LÀ.
PAS QUESTION !
TSS ! QUELLE TÊTE DE MULE, CELLE-LÀ...
AU FINAL, J'AI TERMINÉ À LA 6E PLACE...
GWIP
... !
ET C'EST AINSI QUE S'EST CLOS L'ÉTÉ DE MA 2E ANNÉE DE COLLÈGE.
FLASH
QUANT À KAZUKI, IL FIT 10"82 AUX 100 MÈTRES...
ET SE QUALIFIA POUR LE CHAMPIONNAT NATIONAL AVEC LE MEILLEUR TEMPS DE TOUT LE PAYS.

LE MOIS D'AOÛT.
HIS-SE...
KLANG
MISHI
PFIOU ! ET VOILÀ !
JE VAIS FAIRE UNE CROIX DANS LE CALENDRIER. C'EST RARE QUE TU RESTES POUR RANGER.
OU-AIS...
C'EST PARCE QUE C'ÉTAIT MON DERNIER JOUR.
ENFIN, IL RESTE ENCORE LA COMPÈT' DE DEMAIN.
...
J'AIME-RAIS BIEN TERMINER EN BEAUTÉ ET ARRIVER PREMIER.

TU EN ES... CAPABLE.
FWOP
MMH ?
TU AS EU LES MEILLEURS RÉSULTATS DE TOUT LE PAYS, CETTE ANNÉE.
PERSONNE NE PEUT BATTRE TON TEMPS.
TU PARLES COMME SI C'ÉTAIT DES MATHS.
MAIS ÇA N'A RIEN À VOIR.
SLAM
J'AI TOUJOURS JOUÉ LES MALINS DEVANT TOI, MAIS EN FAIT...
MOI AUSSI, J'AI LES JAMBES EN COTON QUAND J'ENTRE DANS LE STADE POUR UNE GRANDE OCCASION.
SI JE POUVAIS, J'AIMERAIS ME DÉFILER.
QUOI ?

TU VEUX DIRE QUE... TOI AUSSI, TU AS LE TRAC ?
ÉVIDEMMENT ! NE ME DIS PAS QUE ÇA TE SURPREND !
BEN...
SI...
...
C'EST TROP CON QUE TU AIES TERMINÉ 6E AUX QUALIFICATIONS !
ALORS QUE J'AI TOUT FAIT POUR T'ENCOURAGER !
STOM
J'AI FAIT DU MIEUX QUE J'AI PU, FIGURE-TOI !
J'AI MÊME BATTU MON RECORD PERSONNEL !
J'AURAIS BIEN AIMÉ QU'ON SOIT ENSEMBLE À CETTE COMPÈT'.
POURQUOI ?
POUR TE MOQUER ENCORE DE MOI ?
DOMMAGE...
SUZUKA...
QUOI ?
SUZUKA ?

EN FAIT...
JE SUIS AMOUREUX DE TOI DEPUIS LE DÉBUT...
HEIN ?!
DÉSOLÉ DE M'ÊTRE COMPORTÉ COMME JE L'AI FAIT.
J'AURAIS VOULU POUVOIR TE PARLER FRANCHEMENT...
MAIS J'ÉTAIS TROP TIMIDE.

NON ...
JE... EN-FIN... JE...
KZAAAA
...
JE SUIS VRAIMENT DÉSOLÉ POUR MON COMPORTEMENT.
...
NON, JE NE... T'EN VEUX PAS...
ALORS PEUT-ÊTRE...
QU'ON POURRAIT SORTIR ENSEMBLE...
CE... C'EST-À-DIRE QUE...
TOUT CELA EST SI SOUDAIN...
TODOM
TODOM
JE NE TE PRESSE PAS.

ON EN REPARLERA QUAND JE REVIENDRAI AVEC MA MÉDAILLE D'OR.
TU N'AURAS QU'À ME DONNER TA RÉPONSE À CE MOMENT-LÀ.
BYE !
DASH
AH...
IL EST AMOUREUX DE MOI...
JE N'AURAIS JAMAIS IMAGINÉ QUE C'ÉTAIT POSSIBLE...
BON...

COMMENT...
VAIS-JE LUI RÉPONDRE ?
KAIME
...
IL A FALLU...
STAC
QUE TU DISPARAISSES POUR QU'ENFIN JE RÉALISE...
ET MAINTENANT QUE JE SAIS...
COMMENT PUIS-JE TE RÉPONDRE ?
KAZUKI...
KAZUKI...

LE THÉÂTRE DE QUATRE CASES DE SUZUKA...

NUMÉRO 13
LA SÉANCE DE DÉDICACE DE KOUJI SEO
-1-

* SALLE D'EXPOSITION DE LA BANLIEUE DE TOKYO.
** MAISON D'ÉDITION JAPONAISE QUI PUBLIE *SUZUKA*.

YAMATO SÈCHE ENCORE L'ENTRAÎNEMENT, CE MATIN ?
ÇA FAIT 3 JOURS DE SUITE, ET IL NE NOUS A MÊME PAS PRÉVENUS !
J'ESPÈRE QU'IL N'A PAS OUBLIÉ LA RENCONTRE DÉPARTEMENTALE DE DEMAIN...
OUAIS...
...
TU VEUX QUE J'AILLE LE VOIR À LA FIN DES COURS ?
BONNE IDÉE, MIKI.
TÂCHE DE TIRER ÇA AU CLAIR.
OK.

#24 ABRUTI

DING
DONG
DANG
DING
BAH ALORS ?
TU SÈCHES ENCORE TON ENTRAÎNEMENT ?
TU DÉCONNES.
ÇA TE FERAIT DU BIEN DE T'ENTRAÎNER UN PEU.
EH ! TU M'ÉCOUTES, VIEUX ?
...
YAMATO !

QU'EST-CE QUE TU FICHES ?! TOUT LE MONDE T'ATTEND À L'ENTRAÎNEMENT !
MIKI...
DÉSOLÉ, ÇA NE M'INTÉRESSE PLUS.
ATTENDS UN PEU ! C'EST TOI QUI T'ES ENGAGÉ !
ALORS, NE TE DÉFILE PAS, MAINTENANT !
TU AS ÉTÉ SÉLECTIONNÉ, JE TE SIGNALE !
ÉCOUTE, S'IL N'A PAS ENVIE, TU NE PEUX PAS LE FORCER...
GRR
TOI, JE T'AI PAS SONNÉ !

SUZUKA A HORREUR QU'ON MANQUE À SES ENGAGEMENTS.
TU TE SOUVIENS ?
GNAP
EH ! OÙ TU VAS ?
STAC
MIYAMOTO SENPAI AVAIT CONFIANCE EN TOI QUAND IL T'A CHOISI POUR LA COMPÉTITION !
T'AS INTÉRÊT À VENIR DEMAIN, TU M'ENTENDS ?!
T'ES LOURDE À LA FIN. TU VEUX PAS LE LÂCHER UN PEU ?
LA FERME !

301
AKITSUKI YAMATO
TOHU
BOHU
BAH ALORS, TU VIENS BOIRE AVEC NOUS OU TU CONTINUES À BROYER DU NOIR ?
LES GARÇONS, ILS DEVRAIENT TOUS MOURIR ! HIC !
STANG
T'AS ENCORE PRIS UN RATEAU AVEC LA PETITE SUZUKA ?
FAUT DIRE QUE TU DEVAIS ÊTRE UN PEU COLLANT AUSSI...
À SA PLACE, J'AURAIS PAS APPRÉCIÉ NON PLUS QUE TU ME POURSUIVES JUSQUE CHEZ MES PARENTS ! C'EST GLAUQUE !
...
CASSEZ-VOUS !! JE VEUX ÊTRE SEUL !
HA ! HA ! HA ! IL A LES LARMES AUX YEUX !

ALORS, TU SECHES LES ENTRAÎNEMENTS ET TU T'ENFERMES DANS TA PIAULE, HEIN ?
JE CROYAIS QUE TU N'ABANDONNAIS JAMAIS ?
!
SI TU CROIS QUE...
DING
DONG
T'AS DE LA VISITE.
VOUS POUVEZ LA FERMER...
J'AIMERAIS PAS QU'ON CROIE QUE JE TRAÎNE AVEC DEUX ÉTUDIANTES.
À MON AVIS, TOUT LE MONDE EST DÉJÀ AU COURANT.
TCHAC
OUI ?

S...
SUZUKA...
QUE... QU'EST-CE QUE TU VEUX ?
...
EST-CE QUE...
TU ARRÊTES L'ATHLÉ ?

J'AVAIS L'IMPRESSION QUE TU FAISAIS DE VRAIS EFFORTS, CES TEMPS-CI...
MAIS AU FOND, TU N'EN AVAIS RIEN À FAIRE, PAS VRAI ?
...
JE T'AVAIS DIT QUE SI C'ÉTAIT POUR...
C'EST BON, SUZUKA, ARRÊTE TON CHAR.
!
JE PENSAIS QUE TU ÉTAIS SÉRIEUX...

TU AS TOUJOURS PENSÉ QUE J'ARRÊTERAIS, NON ?
TU DEVRAIS ÊTRE CONTENTE !
QUOI ?
CHUT !
ÇA BARDE !
MAGNIFIQUE !
TU N'ÉTAIS PAS PLUS DÉTERMINÉ QUE ÇA, HEIN !
TES FAÇONS DE FAIRE...
SONT INSUPPORTABLES !
ZOOM
... !!

OH VRAIMENT...
MAIS LE PROBLÈME...
EN FAIT...
J'AI L'IMPRESSION QUE TU LUI RESSEMBLES UN PEU.
J'AIMERAIS TANT...
J'AIMERAIS TANT...
C'EST QUE...

AMATO AKITSUKI
JE NE SERAI JAMAIS KAZUKI TSUDA !
CO...

TOUT CE QUE TU FAIS DEPUIS LE DÉPART...
C'EST DE ME COMPARER À CE TYPE !
TU N'EN AS RIEN À FOUTRE DE MOI !
... !
JE...
J'EN AI RAS-LE-BOL, MOI...
D'ÊTRE COMPARÉ À UN MORT !

BAF

...!
AH!
DASH
SLAM

ON S'EN VA, LA SOIRÉE EST FOUTUE.
AB-RU-TI !
... !
YÛKA... J'AI MAL AU CŒUR...
TU VEUX BIEN ÉVITER DE GERBER N'IMPORTE OÙ ?
SLAM

C'EST PAS VRAI...
POURQUOI JE ME MANGE UNE BAFFE ?
...
ET POURQUOI ELLE ME FAIT CETTE TRONCHE ?
ET MERDE !

TOHU
BOHU
CHAMPIONNAT INTERLYCÉES
PHASES ÉLIMINATOIRES DE TOKYO
C'EST PAS VRAI ...
IL VA VRAI-MENT NOUS PLANTER ?
EH, SUZUKA, TU N'AS PAS DE NOUVEL-LES DE YAMATO ?
NON !
M... MAIS ...

301
YAMATO AKITSUKI

LE THÉÂTRE DE QUATRE CASES DE SUZUKA...

NUMÉRO 14 LA SÉANCE DE DÉDICACE DE KOUJI SEO -2-

UN PEU DE NERF, YASUNOBU !
PFFF... ÇA VA PAS DE ME RÉVEILLER SI TÔT UN DIMANCHE MATIN...
BEN, T'AURAIS PU ALLER À LA COMPÉT' D'ATHLÉ.
C'EST AUJOURD'HUI, NON ?
JAMAIS DE LA VIE !
QU'EST-CE QUE J'IRAIS FAIRE LÀ-BAS...
APRÈS LA BAFFE QU'ELLE M'A COLLÉE ?
IL FAUT QUE JE ME REMUE UN PEU AU LIEU DE CROUPIR DANS MA CHAMBRE !
ET SI ON ALLAIT AU KARAOKÉ !
C'EST PAS OUVERT, À CETTE HEURE-LÀ.

涼風
SUZUKA
#25 PROVOCATION
HAAA

J'EN AI RAS-LE-BOL, MOI...
D'ÊTRE COMPARÉ À UN MORT !
MOI QUI M'INQUIÉTAIS POUR LUI...
LE VOILÀ !
KYAH !
BROUAH
UN PETIT SOURIRE !
EN FORME POUR UN NOUVEAU RECORD ?
C'EST QUOI CETTE AGITATION ? IL Y A MÊME LA TÉLÉ...
AH OUI, C'EST VRAI QU'IL FAIT PARTIE DE NOTRE DISTRICT...

EMERSON ARIMA, EN 2e ANNÉE AU LYCÉE ATTACHÉ À LA FAC TÔTO.
LE SPRINTER N° 1, TOUS LYCÉES CONFON-DUS.
AU COLLÈGE, IL ÉTAIT TOUJOURS 2e, APRÈS KAZUKI...
AH BON ?
MAIS EN ENTRANT AU LYCÉE, IL S'EST ÉPANOUI.
SI KAZUKI ÉTAIT LÀ...
ILS FERAIENT DE BONS RIVAUX.
...
BROUAH

EN VÉRITÉ...
C'EST KAZUKI QUI DEVRAIT ÊTRE À SA PLACE.
OUAIS...
C'EST POUR ÇA QUE J'ESPÉRAIS QUE YAMATO COURE CONTRE LUI...
QU'A-T-IL À VOIR LÀ-DEDANS ?!
YAMATO N'EST PAS FIABLE ! INUTILE DE COMPTER DESSUS !
ZIIIP
...
TU N'ES VRAIMENT PAS TENDRE AVEC LUI...
ET PUIS D'ABORD, SI KAZUKI ÉTAIT LÀ, IL GAGNERAIT HAUT LA MAIN !
CET ARIMA...

IL N'EST PAS DE TAILLE !!
ÇA VA PAS DE CRIER COMME ÇA...
JE ME FICHE BIEN QU'ON M'ENTENDE !
SUPER, TON PLAN...
Y A RIEN D'OUVERT À CETTE HEURE-LÀ !
AVOUE QUE T'AVAIS RIEN PRÉVU !
...
BON, JE SAIS OÙ ON PEUT ALLER. SUIS-MOI.
OÙ ÇA ?

TU VERRAS BIEN QUAND ON Y SERA !
...
CHAMPIONNAT INTERLYCÉES
PHASES ÉLIMINATOIRES DE TOKYO
TU TE FOUS DE MOI ! C'EST LE STADE ! POURQUOI TU M'AS PAS DIT OÙ ON ALLAIT ?!
PARCE QUE TU SERAIS PAS VENU.
ÉVIDEMMENT ! T'ES DE MÈCHE AVEC MIKI, C'EST ÇA ?!
ÉCOUTE, JE SAIS PAS TROP CE QUI T'EST ARRIVÉ.
MAIS UNE CHOSE EST SÛRE, C'EST QU'ICI, IL Y A PLEIN DE NÉNETTES !
TU DEVRAIS PARTICIPER PUISQU'ON EST LÀ.
LES COUREURS ONT LA COTE.
DES CLOUS !

JE TE L'AI DÉJÀ DIT.
JE N'AI PLUS AUCUNE RAISON DE COURIR.
BON...
FAISONS QUAND MÊME UN PETIT TOUR.
IL DOIT Y AVOIR DES FILLES MIGNONNES.
EH !
LÂCHE-MOI !
JE VEUX PAS Y ALLER...
OH !
SUZUKA !
QUOI ?!
TIENS ?
C'EST QUI CE TYPE QUI S'APPROCHE D'ELLE ?

HEIN ?
HEL-LO...
ÇA FAISAIT LONG-TEMPS.
QU'EST-CE QUE TU VEUX ?!
OUH ! TOUJOURS AUSSI AIMABLE, HEIN ?

POURQUOI TU DIS ÇA, ON NE SE CONNAÎT PAS...
JE SAIS, TU ÉTAIS TOUJOURS AVEC TSUDA LORS DES COMPÉTITIONS.
VOUS SEMBLIEZ INSÉPARABLES.
VOUS ÉTIEZ AMOUREUX, PEUT-ÊTRE ?
ZOM ZOM
OUAH... ÇA CRAINT POUR TOI, CETTE HISTOIRE.
...
TU PARLES, JE M'EN FOUS !
TU AS TERMINÉ ? ALORS AU REVOIR.
NON.
PAS SI VITE.

JE T'AI ENTENDU.
TU AS PRO-CLAMÉ QUE JE N'ÉTAIS PAS DE TAILLE FACE À TSUDA.
ÇA M'A PAS PLU !
J'EN SUIS DÉSOLÉE.
FAIS COMME SI TU N'AVAIS RIEN ENTENDU.
QUOI ?
TU CROIS QUE JE VAIS PASSER L'ÉPONGE AUSSI FACI-LEMENT ?
TU COMMEN-CES À ÊTRE COLLANT. C'EST PEUT-ÊTRE PARCE QU'IL N'Y A QUE LA VÉRITÉ QUI BLESSE QUE TU ES SI VEXÉ.
T'AS VRAI-MENT PAS L'AIR DE COM-PREN-DRE.

QU'IL SOIT MORT OU VIVANT NE CHANGE RIEN.
C'EST MOI LE NUMÉRO 1 !
KYAH !
QUE SE PASSE-T-IL ? UNE DISPUTE ?
QUE FAIT ARIMA AVEC CETTE FILLE ?
SI KAZUKI ÉTAIT EN VIE, IL...
C'EST REPARTI POUR UN TOUR...
KAZUKI PAR-CI, KAZUKI PAR-LÀ...
LAISSE-MOI TE DIRE UN TRUC. TON KAZUKI QUE TU ADORES TANT...

IL N'EST PLUS DE CE MONDE !
ALORS JE VOIS PAS COMMENT IL POURRAIT ÊTRE MEILLEUR QUE MOI !
C'EST FACILE À COMPRENDRE, POURTANT !
VOUS AVEZ ENTENDU ? C'EST QUOI, CETTE HISTOIRE ?
BROUHAHA
MEILLEUR QU'ARIMA ?!

DIS PAS N'IMPORTE QUOI, TOI !
EXCUSE-TOI !
VAS-Y, PRÉSENTE-MOI TES EXCUSES DEVANT TOUT LE MONDE...
ET JE TE PARDONNERAI.
BARRONS-NOUS, IL VAUT MIEUX PAS S'EN MÊLER.
JE N'AI AUCUNE RAISON D'INTERVENIR...
OU-AIS...
AU-CUNE ...

STAP
EH !
EXCUSE-TOI !
?!
BOM

ZAM

YA...
YAMATO !
QUI T'ES, TOI ? SON POTE ? TU VEUX T'EXCUSER À SA PLACE ?
T'AS PAS À T'EXCUSER, SUZUKA.
HEIN ?
AH OUAIS ?
TOI AUSSI, TU PRÉTENDS QUE TSUDA EST...
VAS-Y, TÊTE D'OURSIN.
JE M'EN TAPE DE TSUDA, COMME DE TOI.
QUOI ?

C'EST MOI...
?!
LE PLUS RAPIDE !
?

LE THÉÂTRE DE QUATRE CASES DE SUZUKA...

NUMÉRO 15 LA SÉANCE DE DÉDICACE DE KOUJI SEO

- 3 -

※ DÉSOLÉ, J'ÉTAIS SUPER STRESSÉ.

JE M'EN TAPE DE TSUDA, COMME DE TOI.
QUOI ?
涼風 SUZUKA
#26 DÉFI
C'EST MOI...
LE PLUS RAPIDE !

AH OUAIS ?
TU SAIS À QUI TU T'ADRESSES ?
ET QUI T'ES D'ABORD ?
D'OÙ IL SORT, CE NAZE ?
TU CROIS VRAIMENT QUE T'ES LE PLUS RAPIDE ?!
ÉVIDEMMENT QUE JE SAIS QUI TU ES.
ET JE SAIS QUE TU NE PEUX PAS ME BATTRE !
ARRÊTE, YAMATO !

N'IMPORTE QUOI...
BON, ASSEZ D'ENFANTILLAGES.
STAP
EH ! ATTENDS !
VU CE QUE TU VIENS DE DIRE, JE SUPPOSE QUE TU COURS LE 100 MÈTRES ?
ON POURRA DONC VOIR LEQUEL DE NOUS DEUX EST LE PLUS RAPIDE.
...
ON SERA LÀ POUR REGARDER ÇA !
TE DÉFILE PAS, CREVARD !

T'ES PAS BIEN OU QUOI ?!
QU'EST-CE QUI T'A PRIS DE DIRE ÇA ?
...
IL M'A ÉNERVÉ...
AVEC SON ATTITUDE DE FRIMEUR !
JE COMPRENDS, MAIS...
QU'EST-CE QUE TU VAS FAIRE SI TU PERDS ?
TU Y AS PENSÉ ?!
SI JE PERDS, TANT PIS !
JE N'AURAI QU'À LUI FAIRE MES EXCUSES !

...
POURQUOI EST-CE QUE TU ES TOUJOURS AUSSI STUPIDE ?
RÉFLÉCHIS UN PEU, AVANT D'AGIR !
FLIPPE PAS. IL SUFFIT DE LE BATTRE, NON ?
ÇA IRA.
FAUT JUSTE QUE J'EMPRUNTE UNE TENUE ET DES POMPES À QUELQU'UN.
STAP
AH... MAIS...
...
JE CROYAIS QU'IL AVAIT DÉCIDÉ D'ARRÊTER L'ATHLÉTISME...
FWUUSH

SDOM
?!
TU SÈCHES L'ENTRAÎNEMENT TROIS JOURS DE SUITE, TU ARRIVES EN RETARD À LA COMPÉTITION...
ET EN PLUS, TU AS OUBLIÉ TES CHAUSSURES ?!
CETTE FOIS, LA COUPE EST PLEINE !
GWASH
ALLONS, ALLONS, CAPITAINE ! IL S'EST EXCUSÉ !
AÏÏÏ-EUH !
POSE CE POIDS !
LÂCHE-MOI, MIYAMOTO !
ÇA VA, YAMATO ?
BOF...

PRÊTEZ-LUI UNE TENUE ET UNE PAIRE DE CHAUSSURES !
JE VAIS LUI PASSER MES AFFAIRES, JE NE COURS QU'À 11 H 00.
MERCI, C'EST GENTIL.
HONOKA ! VEILLE À CE QU'IL S'ÉCHAUFFE BIEN PENDANT QUE JE VAIS ME CHANGER !
D'ACCORD.
DÉSOLÉ, HONOKA, TU DOIS ÊTRE OCCUPÉE...
NON, NON, PENSES-TU ! JE SUIS LÀ POUR ÇA !
JE SUIS BIEN CONTENTE QUE TU SOIS LÀ.
HA ! HA ! SORRY !
J'ÉTAIS PAS AU MIEUX DE MA FORME !
JE ME SUIS FAIT DU SOUCI POUR TOI, CES TROIS DERNIERS JOURS.
AH BON...
J'HÉSITAIS À ALLER LE VOIR, DE PEUR QU'IL ME TROUVE TROP COLLANTE...

ALORS TU ES VENU, FINALEMENT !
MIKI...
GRRR !
TU VEUX UN COUP DE MAIN POUR TON ÉCHAUFFEMENT ?
NON MERCI !
JE M'OCCUPE DÉJÀ DE LUI !
GNUSH
HONOKA...
AÏE !
IL PARAÎT QUE TU AS ENCORE FAIT DES TIENNES ?
HEIN ?
TU AS DÉFIÉ EMERSON ARIMA, NON ?
LA NOUVELLE A DÉJÀ FAIT LE TOUR DU STADE.
QUOI ?
QU'EST-CE QUI T'A PRIS ?

EUH BEN...
DISONS QUE CE SALE TYPE NE ME REVIENT PAS.
IL MENT.
IL N'EST PAS DU GENRE À PROVOQUER QUELQU'UN COMME ÇA...
JE SUIS SÛRE...
QUE C'EST À CAUSE DE SUZUKA QU'IL S'EST MÊLÉ DE CETTE HISTOIRE...
CE MEC, JE VAIS LE BATTRE... IL N'A QUE DE LA GUEULE.
C'EST DANS LA POCHE.
...
SCRUTT
BEN QUOI ?

ATTENDS, TU NE L'AS QUAND MÊME PAS DÉFIÉ SANS SAVOIR ?
SAVOIR QUOI ?
EMERSON ARIMA FAIT...
10 SECONDES 46 AUX 100 MÈTRES.
IL EST LE SPRINTER N°1, TOUS LYCÉES CONFONDUS.
...
LE N°1 ? IL EST LÀ ?!
C'EST POUR ÇA QUE LE STADE GROUILLE DE JOURNALISTES...
OUH LÀ...
ÇA VA ALLER, YAMATO ?

...
ZAAAAAM
YAMATO ?!
J'EN ÉTAIS SÛRE, T'ÉTAIS PAS AU COURANT !
EUH... EH BIEN...
MERDE ! C'EST QUOI, CETTE HISTOIRE ?!
T'ES TOUT PÂLE !
JE VAIS ME FAIRE RIDICULISER !
JE... JE VAIS AUX TOILETTES !
STAP
AH !
NON MAIS, QUEL IMBÉCILE.
ÇA VA ?
JE VAIS DIRE QUE J'AI MAL AU BIDE... SI JE NE SUIS PAS AU DÉPART, JE SERAI DISQUALIFIÉ ET VOILÀ !

TIENS, VOILÀ MA TENUE !
AH ...
YAMATO, BONNE CHANCE !
TU SAIS QU'AU FOND, NOTRE CAPITAINE MISE BEAUCOUP SUR TOI.
EUH... EN FAIT...
J'AI UNE SOUDAINE CRISE DE...
AÏE ...
HEUREUSEMENT QUE T'ES ARRIVÉ À TEMPS.
IL T'AURAIT TUÉ SI TU NE T'ÉTAIS PAS POINTÉ POUR LE DÉPART.
DE QUOI ?! IL N'EST PAS SUR LA LIGNE DE DÉPART ?!
GWAAAAAH
HNNG
BON... QUAND FAUT Y ALLER...
HNNG
ÇA NE VA PAS ? TU ES TOUT PÂLE...

POUR-VU QU'IL NE FLAN-CHE PAS...
...
COU-RAGE !
FLOM
FLOM
TU ES IN-QUIÈTE POUR YAMA-TO...
STAP
HEIN ?!

TU DEVRAIS TE COUVRIR. TU VAS ATTRAPER FROID.
YASU-NOBU...
TU ES LÀ, TOI AUSSI ?
OUAIS. POUR UNE FOIS QUE YAMATO COURT, JE VEUX VOIR ÇA.
OUAAAAAH
IL N'A AUCUNE CHANCE.
MMH ?
SON ADVERSAIRE EST MEILLEUR QUE LUI !
QU'EST-CE QUI LUI A PRIS DE LE DÉFIER... ?

QUE VEUX-TU...
C'EST PAS SON GENRE DE RÉFLÉCHIR AUX CONSÉQUENCES DE SES ACTES.
CETTE FOIS, IL A TELLEMENT BIEN RÉUSSI SON COUP QUE LE SPRINTEUR N°1 DU PAYS A LA RAGE...
FWUUSH
CONTRE LUI.
...

DERNIER APPEL POUR LA COURSE ÉLIMINATOIRE DU 100 MÈTRES !
LES COUREURS SONT PRIÉS DE SE PRÉSENTER SUR LA PISTE !
VIENS ...
ÇA VA COMMENCER.
MAIS ...
TE BILE PAS !
JE SUIS SÛR QU'IL VA TROUVER LE MOYEN DE NOUS ÉPATER !
...
C'EST PAS POSSIBLE...
IL N'ARRIVE PAS À LA CHEVILLE DE SON ADVERSAIRE...

SLOP
SLOP
PFFF...
ME VOILÀ AU PIED DU MUR...
L'UNIFORME ET LES CHAUSSURES SONT PILE À MA TAILLE...
J'AI PAS D'EXCUSE...
NUMÉRO 36 ! YAMATO AKITSUKI !
PRÉSENT !
TU N'ÉTAIS PAS LÀ AU PREMIER APPEL.
PRIÈRE D'ARRIVER À L'HEURE POUR LA REMISE DES DOSSARDS !
P... PARDON !
ÇA VA POUR CETTE FOIS, MAIS FAIS ATTENTION !
COMME ON SE RETROUVE, L'AMI.
ZAM
SI TU PERDS...
TU DEVRAS TE METTRE À GENOUX !

VAS-Y, ARIMA !
AAAAH
T'ES LE MEILLEUR !
REGARDEZ ! IL EST VRAIMENT VENU, L'AUTRE NAZE !
?!
TOUTE L'ASSISTANCE EST DE SON CÔTÉ, ÇA CRAINT !
IL VAUT MIEUX LUI PRÉSENTER MES EXCUSES TOUT DE SUITE ET CLASSER CETTE AFFAIRE !
HEP !
MH ?
T'AS INTÉRÊT À ASSURER, GAFFEUR !
SUZUKA EST VENUE EXPRÈS POUR T'ENCOURAGER !
...
SUZUKA...
ALORS ? TU FLIPPES ET TU VEUX ME DEMANDER PARDON ?

LAISSE TOM-BER !
ZAM
JE PEUX PAS ME TAPER LA HONTE DEVANT ELLE !
GNUP
OUAAAH
COU-REURS EN POSITION POUR LE DÉPART !

LE THÉÂTRE DE QUATRE CASES DE SUZUKA...

NUMÉRO 16
LA SÉANCE DE DÉDICACE DE KOUJI SEO
- 4 -

※ FINALEMENT, J'AI TERMINÉ À 23 HEURES...

CLAC
CLAC
LE DÉPART VA ÊTRE DONNÉ !
SWIP

#27 COMPÉTITION

ARIMA VA SE QUALIFIER TRANQUILLE.
IL EST CARRÉMENT AU-DESSUS DU LOT.
TOHU
IL DONNERA SON MAX JUSTE POUR LA FINALE !
BOHU
NON, ÇA M'ÉTONNERAIT QU'IL SORTE LE GRAND JEU POUR UNE PETITE COMPÉTITION COMME CELLE-CI.
IL N'Y EN A PAS UN QUI SE PRÉOCCUPE DE YAMATO...
C'EST PAS SURPRENANT, EN FAIT.
...
ON EST VENUES T'ENCOURAGER, YAMATO !
ALLEZ !
ET SI TU TE RAPPROCHAIS UN PEU, CAPITAINE ?
SWUP
PAS APRÈS LA CRISE QUE J'AI PIQUÉE...

YAMATO ! SI TU FAIS UN BON TEMPS, TU PEUX TE QUALIFIER, MÊME EN ARRIVANT DEUXIÈME !
TIENS BON !
...
AH... ?
À VOS MARQUES !
TCHAC
TCHAC
EMERSON ARIMA EST LE SPRINTEUR NUMÉRO 1...
TOUS LYCÉES CONFONDUS.
EFFECTIVEMENT...

SI POUR MA PREMIÈRE COMPÉTI-TION...
JE ME RETROUVE CONFRONTÉ AU MEILLEUR SPRINTER...
FAIS PAS CETTE TRONCHE, YAMATO !
CE N'EST PAS ÉTONNANT QUE PERSONNE NE S'ATTENDE À ME VOIR GAGNER.

SUZUKA COMMENCE À FLIPPER !
...
SUZU-KA...
N'AIE PAS L'AIR SI DÉSES-PÉRÉ...

DÉPART À DOUBLE APPUI, HEIN...
TU CROIS POUVOIR GAGNER EN IMITANT UN MORT ?
TODOM
N'AIE PAS L'AIR SI DÉSESPÉRÉ...
TODOM
JE NE SUIS PAS KAZUKI TSUDA...
PRÊT !
NISHI
MAIS...
GNUSH
JE NE PEUX PAS LUI PARDONNER...

D'AVOIR FAIT PLEURER SUZUKA !
BANG

OUAIS
VAS-Y, ARIMA !
IL VA GAGNER FACILE !
AÏE... IL SE FAIT DISTANCER DÈS LE DÉPART...

DASH
LA VACHE !
OUH LÀ... C'EST MAL BARRÉ...
IL A PRIS UNE BONNE AVANCE...

PEUH...
JE POURRAIS DÉJÀ COMMENCER À RALENTIR L'ALLURE.
JE NE VAIS QUAND MÊME PAS LE LAISSER GAGNER !
36
...
GNUP

MERDE ! J'ARRIVE PAS À REMONTER !
JE SUIS POURTANT À DEUX DOIGTS !
JE NE VAIS QUAND MÊME PAS LE LAISSER GAGNER !
C'ÉTAIT STUPIDE DE NOUS IMAGINER QUE YAMATO AVAIT UNE CHANCE...
TSS ...
J'AURAIS POURTANT PARIÉ QU'IL ALLAIT NOUS ÉPATER.

REGARDEZ, LE COMIQUE NE TIENT PAS LE COUP !
ÇA VA LE REMETTRE À SA PLACE !
...
REGARDEZ COMME IL PEINE !
IL CROIT QU'IL PEUT ENCORE GAGNER OU QUOI ?!
HGNN

SECOUE-TOI, EMPOTÉ !

KZUM

DASH

?!
PAS BESOIN DE ME LE DIRE !

DASH
J'Y CROIS PAS ! IL EST REMONTÉ !
YES ! JE LE SAVAIS !
TODOM
TODOM

OUAAAAH
ATTENTION, ARIMA !
RESTE CONCENTRÉ !
JE SUIS CONCENTRÉ !
7
36
MAIS IL EST SUPER RAPIDE !

PRÉSENTATION DES PERSONNAGES - N° 9

MIHO FUJIKAWA (QUATRIÈME)

Anniversaire : 21 mars (bélier)
Taille : 148 cm
Poids : Secret
Groupe sanguin : A
Mensurations : En cours de croissance.

Ce qu'elle aime :
- Yamato.
- La cuisine de sa mère.
- Goro.

Ce qu'elle n'aime pas :
- Yûka Saotome.
- Nettoyer la salle de bain.
- Les chiens.

Son rêve pour l'avenir : Se marier.

DAAAASH
C'EST PAS POSSIBLE ! J'HALLUCINE !
OUAAAAAH
ACCÉLÈRE, ARIMA !
TODOM
TODOM
UN ENCOURAGEMENT DE SUZUKA...
ET IL S'EST ENVOLÉ...

涼風 SUZUKA

#28 CONCLUSION

VAS-Y, YAMATO !
FONCE ! FONCE !
NNGH !
ARIMA REPASSE DEVANT !
UNGH !
JE NE PEUX PAS LAISSER...
CE TYPE ME BATTRE !
GWUM

QU'EST-CE QUE C'EST QUE ÇA ?!
J'AI L'IMPRESSION DE PÉDALER DANS LE VIDE…
JE N'ARRIVE PLUS À COURIR… !
FWASH

YEEES !
OJAAAAAH
TU NOUS AS FAIT FLIPPER, ARIMA !

HAA
HAA
SCRISH
HAA
YAMATO !
IL A TROP FORCÉ POUR REMONTER EMERSON.
ÇA NE FAIT PAS LONGTEMPS QU'IL S'ENTRAÎNE...
ET IL A SÉCHÉ CES TROIS DERNIERS JOURS.
VOUS AVEZ VU L'AUTRE NAZE ? IL EST ÉTALÉ PAR TERRE.
IL FAIT MOINS LE MALIN, MAINTENANT !
...
SCRISH

C'EST BON...
JE M'AGE-NOUILLE...
YA-MATO !
PAS LA PEINE !
QUOI ?

DÉGAGE, PLUTÔT. TU M'ÉNERVES !
KZAAA
HEIN ?!
T'ES SOURD ?
JE T'AI DIT DE DÉGAGER !
IL ME FAIT RIRE, LE GRAND NUMÉRO 1 !
...
7

SAVOURE BIEN CETTE VICTOIRE !
CAR J'AURAI MA REVANCHE !
AH ! IL S'ENFUIT !
DASH
IL EST PAS NET, CE MEC !
QU'EST-CE QU'IL FOUT... ?
...
C'EST LA HONTE DE L'ÉQUIPE...
BWAHAHA ! IL EST TROP FORT !
QUEL CLOWN !
TSS...
IL M'A QUAND MÊME FORCÉ À SORTIR LE GRAND JEU...
PLAM
IL S'EST ENCORE VAUTRÉ !
...

AÏE...
C'TE MISÈRE...
J'AI L'AIR FIN AVEC MA MENACE DE REVANCHE...
KSSS
LA PARFAITE RÉPLIQUE DE LOSER...
...
SUZUKA DOIT ÊTRE VERTE DE RAGE...
STAP

AH...
SUZUKA...
J'AI L'AIR FIN... AVEC MA REVANCHE...
FAIS VOIR TES GENOUX...
CLAP
HEIN ? MES GENOUX ?
PSHHH

...
JE RÊVE ?!
ELLE DÉBOULE ET ELLE ME SOIGNE...
OUCH !
CHOCHOTTE !

GLUPS
ELLE N'EST PEUT-ÊTRE PAS FÂCHÉE, APRÈS TOUT...
ELLE M'A MÊME ENCOURAGÉ PENDANT LA COURSE...
OUAIS, MAIS QUAND MÊME...
JE ME SUIS PAYÉ UNE MÉGA HONTE EN PUBLIC...
SUZUKA... POURQUOI EST-CE QUE TU...
NE BOUGE PAS !
D'AC-CORD ...

KSSS
KSSS
KSSSS

KSSS
KSSS
KSSS
DES CIGALES ?
KSSS
ALORS QUE NOUS NE SOMMES QU'EN JUIN...
KSSS
KSSS
...
JE ME SUIS RIDICULISÉ...
SURTOUT APRÈS M'ÊTRE VANTÉ COMME ÇA...
TU DOIS EN AVOIR MARRE DE MOI...

IL FAIT CHAUD, CETTE ANNÉE. ELLES ONT DÛ CROIRE QUE L'ÉTÉ ÉTAIT DÉJÀ ARRIVÉ.
SCRIP
QUI ?
LES CIGALES.
KSSS
AH... EUH... LES CIGALES...
OUAIS...
KSSS
VOILÀ, C'EST TERMINÉ.
CLAP
...

SWAP
S... SU-ZUKA ...
TU N'AURAIS PAS DÛ SÉCHER L'ENTRAÎNEMENT.
QUOI ?
C'EST POUR ÇA QUE TU AS PERDU.
FLANCHER DEVANT LA LIGNE, ÇA ARRIVE MÊME À DES COUREURS QUI S'ENTRAÎNENT TOUS LES JOURS.
HEM...
EUH... OUI...
...
PEUT-ÊTRE...

J'ESPÈRE QUE TU NE SÉCHERAS PLUS...
À PARTIR DE DEMAIN !
HEIN ?
STAP
...
ÇA ALORS... C'EST ELLE QUI ME DEMANDE DE VENIR...

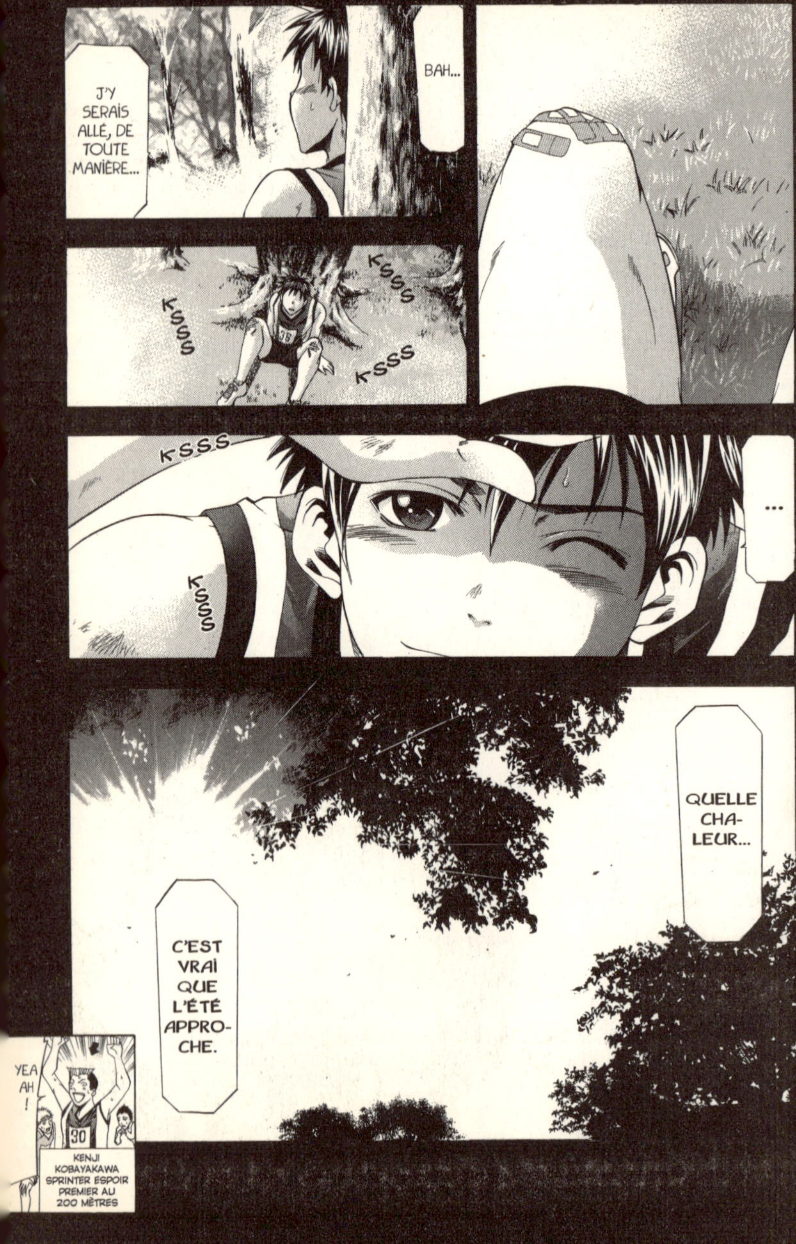
BAH...
J'Y SERAIS ALLÉ, DE TOUTE MANIÈRE...
KSSS
KSSS
KSSS
KSSS
KSSS
...
QUELLE CHA-LEUR...
C'EST VRAI QUE L'ÉTÉ APPRO-CHE.
YEAAH !
30
KENJI KOBAYAKAWA SPRINTER ESPOIR PREMIER AU 200 MÈTRES

PRÉSENTATION DES PERSONNAGES - N° 10

AYANO FUJIKAWA (32 ANS)

Anniversaire : 11 février (verseau)
Taille : 161 cm
Poids : 49 kg
Groupe sanguin : 0
Mensurations : 88 58 90

Ce qu'elle aime :
- Miho et Yamato.
- Les tâches ménagères.
- Son mari défunt.

Ce qu'elle n'aime pas :
- Être inoccupée.
- Les endroits où il n'y a que des jeunes.
- Se faire appeler Madame.

Son objectif dans la vie : marier Miho.

涼風
SUZUKA
#29 AMÉLIORATION

TCHAC
TCHAC
TCHAC
ZIEUT
ELLE N'A PLUS L'AIR D'ÊTRE FÂCHÉE CONTRE MOI...
TU ES DANS LES NUAGES, YAMATO ?
C'EST PAS NOUVEAU, TU ME DIRAS...
MMH ? NON, JE CHERCHAIS LA SAUCE SOJA.
MAIS ÇA RESTE DIFFICILE D'ENGAGER LA CONVERSATION...
POC

TIENS.
LA VOILÀ.
OH, MERCI !
ON DIRAIT VRAIMENT QU'ELLE N'EST PLUS FÂCHÉE !
ÇA DOIT DONC ÊTRE POSSIBLE DE LUI PARLER NORMALEMENT...
BLOB
BLOB
COMME AVANT !
FAIS ATTENTION, TU EN METS TROP !
OUAH !
C'EST PAS BON POUR LA TENSION, DE MANGER TROP SALÉ !
...
DÉSOLÉ...

TCHAC
AH...
S...
SALUT ...
SALUT.
STAP
STAP
AH !
RELAX, JE N'AI QU'À ME COMPORTER NORMALEMENT.
ELLE N'EST PLUS FURAX, APRÈS TOUT.

STAP
STAP
QUELLE CHALEUR, HEIN ?
ON SE CROIRAIT DÉJÀ EN ÉTÉ !
...
DIS...
TU VIENDRAS À L'ENTRAÎNEMENT, AUJOURD'HUI ?
EUH... BEN OUI, BIEN SÛR !
BON...

EUH...
HEM... JE...
...
ACCÉLÈRE, NOUS ALLONS ÊTRE EN RETARD.
MAIS JE...
...
ELLE EST PEUT-ÊTRE ENCORE UN PEU EN COLÈRE, FINALEMENT...
J'AI DU MAL À LA CERNER, LÀ...
1-C

HA...
YAMATO EST AMOUREUX DE SUZUKA, ÇA, JE LE SAIS.
SECOUE-TOI, EMPOTÉ !
PAR CONTRE...
JE NE SAIS PAS COMMENT INTERPRÉTER SA RÉACTION À ELLE...
VOULAIT-ELLE SIMPLEMENT L'ENCOURAGER...
...
OU BIEN ...

PARTAGE-T-ELLE LES MÊMES SENTIMENTS QUE MOI POUR LUI...
PARFAIT ! C'EST TOUT POUR AUJOURD'HUI !
PFI-OUU !
OUF ! IL ÉTAIT TEMPS QUE ÇA SE TERMINE !
TIENS, YAMATO !
UNE SERVIETTE !
OH, MERCI BIEN.
TU ES TROP GENTILLE, HONOKA.
MAIS NON, C'EST TOUT NATUREL !

MOI AUSSI, JE PEUX AVOIR UNE SERVIETTE ?
TU AS SOIF, YAMATO ?
GRRRR...
TU VEUX LA MIENNE, KENJI ?
KENJI KOBAYAKAWA SPRINTER ESPOIR PREMIER AU 200 MÈTRES
BON, BAH MOI, J'Y VAIS.
FWAP
AH !
ATTENDS, YAMATO...
MMH ?
JE... JE ME DISAIS...
QU'ON POURRAIT PEUT-ÊTRE RENTRER ENSEMBLE...
GNAP

TOI, L'AMI, T'AS TROIS JOURS À RATTRAPER, ALORS PENDANT UNE SEMAINE, TU ME FERAS 20 MINUTES D'ENDURANCE APRÈS L'ENTRAÎNEMENT.
QUOI ?!
MAIS J'EN PEUX PLUS, MOI !
ET PUIS, C'EST DE L'ABUS DE POUVOIR, D'ABORD !
TU VEUX QUE JE SOIS PLUS...
HEIN ?
OH !
SCROUIC
SCROUIC
PAM
PAM
C'EST BON ! C'EST BON ! TOUT CE QUE TU VEUX !
T'AS PAS INTÉRÊT À TRAÎNER !
APPLIQUE-TOI !
OUI, CHEF ...

GRRR
GRRR
POURQUOI IL S'ACHARNE COMME ÇA SUR MOI, CE GROS TAS DE MUSCLES ?
C'EST PARCE QU'IL MISE BEAUCOUP SUR TOI, VOYONS !
OUAIS, BEN MOI, J'APPELLE ÇA DES BRIMA-DES !
NE LE PRENDS PAS COMME ÇA ! ALLEZ, COURAGE !
HA ! HA ! C'EST BON, VA ! TE TRACASSE PAS, TU PEUX REN-TRER.
M... MAIS ...
SI TU VEUX...
JE PEUX COURIR AVEC TOI...
T'EN FAIS PAS, JE TE DIS. JE NE VAIS PAS M'ENFUIR !
D'AC-CORD ?

OUI...
MAIS CE N'EST PAS LE PROBLÊME...
BON BAH... COURS BIEN, ALORS.
OUAIS !
SI JE M'EN VAIS...
SUZUKA, TU T'ENTRAÎNES ENCORE ?
OUI. JE DOIS ÊTRE À NIVEAU POUR LE CHAMPIONNAT.
IL RESTERA SEUL ICI AVEC SUZUKA...
DAAAASH
POUAH !

PFI OU...
HAA
HAA
JE SUIS MORT...
SUZUKA EST TOUJOURS LÀ...
ON N'EST PLUS QUE TOUS LES DEUX, CE SERAIT LE MOMENT DE LUI PARLER...
MAIS À TOUS LES COUPS, ELLE VA ENCORE ME JETER.
...
PFFF
TSSS
C'EST PAS QU'ELLE EST FÂCHÉE, EN FAIT. C'EST JUSTE QUE JE L'INTÉRESSE PAS.
ÇA ME DÉPRIME, TOUT ÇA...
ET PUIS J'AI FAIM. DÈS QUE J'AI FINI DE COURIR, JE RENTRE.

JE N'AI PAS PU ME RÉSOUDRE À RENTRER.
PLOM
C'EST BIZARRE QU'IL N'AIT PAS ENCORE FINI...
...
JE VAIS RETOURNER VOIR OÙ IL EN EST...
PFIOU !
ÇA Y EST... ENFIN !
HAA
HAA
SUZUKA AUSSI ...
GNIIC
A TERMINÉ...
...

ELLE POURRAIT AU MOINS ME DIRE UN MOT, CETTE CHIPIE !
IL N'Y A QUE LE SAUT EN HAUTEUR DANS SA VIE !
FWAP
TU AS QUELQUE CHOSE CONTRE LE SAUT EN HAUTEUR ?
?!
SU-ZUKA ?!
T'ES ENCORE LÀ ?!
J'AVAIS OUBLIÉ DE TE DIRE QUELQUE CHOSE.
SWUP
AH BON ?
GLUPS
WOW !

HISSE !
GNUSH
SCRIIC
……AÏÏÏE !
BIEN S'ÉTIRER APRÈS L'ENTRAÎNEMENT, C'EST PRIMORDIAL !
MAIS TU ES TELLEMENT FAINÉANT QUE JE SUIS SÛRE QUE TU NE LES AURAIS PAS FAITS !
AH… D'ACCORD …
C'EST ÇA QUE TU VOULAIS ME DIRE ?

PAS SEULEMENT !
GNUSH
AÏE ! AÏE ! AÏE !
TU FORCES TROP SUR TES DÉPARTS.
ET TU ES TROP PENCHÉ EN AVANT QUAND TU ATTEINS TA VITESSE MAXIMUM.
JE N'AI PAS ARRÊTÉ DE T'OBSERVER, EN FAIT.
IL FAUT VRAIMENT QUE TU TE SERVES PLUS DE TA TÊTE QUAND TU COURS !
TU... TU ME REGARDAIS...
MOI ?
QUI D'AUTRE ? IL N'Y A QUE TOI ET MOI.
C'EST VRAI !
RIEN QUE TOI ET MOI !
ÇA ALORS...
ELLE S'INTÉRESSE À MOI, EN FIN DE COMPTE...

MÊME SI ON N'EST PAS AUSSI PROCHES QU'AVANT...
C'EST PAS SI MAL.
KLANG
AH...
TIENS ? HONOKA ?
TU N'ES PAS ENCORE RENTRÉE ?
JE... J'AVAIS OUBLIÉ QUELQUE CHOSE...
ALORS, J'EN AI PROFITÉ POUR VENIR VOIR OÙ TU EN ÉTAIS !
BAH TU VOIS, J'AI TERMINÉ.

ET LÀ, SUZUKA ME FAISAIT GENTIMENT PART DE TOUTES SES CRITIQUES.
EN FAIT, ELLE M'APPREND À COURIR.
CE SONT DE SIMPLES TUYAUX, TU EN FAIS CE QUE TU VEUX !
AH... AH BON...
C'EST VRAI DANS LE FOND...
SUZUKA FAIT COMME LE CAPITAINE...
BON, JE VOUS LAISSE.
...
OK. RENTRE BIEN.
ELLE LUI DONNE SIMPLEMENT DES CONSEILS POUR L'ATHLÉTISME.
RIEN DE PLUS...
N'EST-CE PAS ?

PRÉSENTATION DES PERSONNAGES - N° 11

KAZUKI TSUDA (DÉCÉDÉ À 15 ANS)

Anniversaire : 29 septembre (balance)
Taille : 175 cm
Poids : 64 kg
Groupe sanguin : B

Ce qu'il aime :
- Suzuka.
- L'athlétisme.
- Les œufs crus.

Ce qu'il n'aime pas :
- La discipline.
- La difficulté.
- Les légumes amers.

Sa devise :
Les efforts finissent toujours par payer.

OK ! TERMINÉ POUR AUJOURD'HUI !
UNE SEMAINE SANS SÉCHER ! BRAVO, YAMATO !
JE TE SURVEIL-LAIS, TU SAIS.
GPAN
AH BON ?
SUZUKA M'A DONNÉ QUELQUES CONSEILS...
T'AS VU ÇA AUSSI ?
DIMANCHE PROCHAIN, IL N'Y A PAS D'ENTRAÎ-NEMENT.
REPOSE-TOI BIEN.
D'AC-CORD ...
J'ÉTAIS PAS AU COU-RANT...
N'OU-BLIEZ PAS VOS ÉTIRE-MENTS !
OU-AIS !

涼風
SUZUKA
#30 COUP D'OEIL

301
AKITSUKI Y
PAS D'ENTRAÎNEMENT...
ÇA FAIT DÉJÀ DEUX ANS...
ELLE VIENT SE RECUEILLIR DÈS QU'ELLE A UN MOMENT.
ELLE VA SÛREMENT RETOURNER...
SUR LA TOMBE DE KAZUKI TSUDA...
MH ?

TCHAC
BON-SOIR ! LES CHAÎNES CÂBLÉES, ÇA T'INTÉ-RESSE ?!
TIENS ?
TU TRAVAIL-LES PLUS POUR TON JOURNAL ?
SI, MAIS JE FAIS AUSSI LE CÂBLE, MAINTE-NANT.
J'AI DEUX PETITS BOU-LOTS !
GNIIIC
AH OUAIS ?
DÉSO-LÉ, JE REGAR-DE PAS TROP LA TÉLÉ.
STONG
L'IMMEUBLE EST DÉJÀ CÂBLÉ, IL SUFFIT DE S'ABONNER !
ALLEZ, QUOI !
HGNN!
NON... MERCI... LE JOURNAL ME SUFFIT ! COMPRIS ?!

POUR TOUT ABONNEMENT SOUSCRIT, DES ENTRÉES AU PARC D'ATTRACTIONS SONT OFFERTES !
CE SONT LES DEUX DERNIÈRES QU'IL ME RESTE !
FLAP
TU NE M'AURAS PAS DEUX FOIS ! JE SAIS QUE T'EN AS PLEIN D'AUTRES !
C'EST PAS BIEN D'ÊTRE AUSSI SOUPÇONNEUX...
...
LA FAUTE À QUI ?
YAMATO
ALLEZ, C'EST BON ! POUR LA PEINE, JE TE LES OFFRE.
RÉFLÉCHIS, POUR LE CÂBLE !
STAC
STAC
EH ! ATTENDS !
VAS-Y AVEC TA COPINE.
...
J'AI PAS DE COPINE...

J'AI COMME UNE IMPRESSION DE DÉJÀ-VU...
NERIMARIN
NERIMARIN
J'AI INVITÉ SUZUKA AVEC LES BILLETS QUE M'A DONNÉS LA LIVREUSE DE JOURNAUX...
ET JE LUI AI DÉCLARÉ MON AMOUR...
SU-ZUKA...
JE T'AIME...
JE SUIS DÉSO-LÉE...
...
FLAP FLAP FLAP
PAS DEUX FOIS !
VADE RETRO, TICKETS DE MALHEUR !
SCRIIISH
旭湯

DONG
DING
DES NOUILLES FROIDES, S'IL VOUS PLAÎT.
OK !
QUOI ?
LA PISCI-NE ?
O... OUAIS...
QU'EST-CE QUE T'EN DIS ?
ZLURP
COMMENT ÇA ? POUR INVITER SUZUKA ?
OU-AIS...

BON...
COMMENT JE VAIS POUVOIR EXPLIQUER ÇA À UN DEMEURÉ COMME TOI...
EH ! DIS DONC !
ÉCOUTE... QUAND UN MEC ET UNE FILLE VONT À LA PISCINE ENSEMBLE, RIEN QUE TOUS LES DEUX, C'EST QU'IL Y A DÉJÀ QUELQUE CHOSE ENTRE EUX, TU SAISIS ?
EUH, NON...
TU LIS TROP DE MANGA À L'EAU DE ROSE.
...
T'AS RAISON...
POUR QU'ELLE ACCEPTE DE T'ACCOMPAGNER LÀ-BAS, IL FAUDRAIT, SOIT QU'ELLE T'AIT DRÔLEMENT À LA BONNE, SOIT QUE VOUS SORTIEZ DÉJÀ ENSEMBLE.
ET SOUVIENS-TOI DU RÂTEAU QUE TU T'ES MANGÉ LA DERNIÈRE FOIS QUE TU L'AS EMMENÉE QUELQUE PART.
ÇA NE T'A PAS SERVI DE LEÇON ?
...
T'AS ENVIE DE RECOMMENCER ?

M... MAIS LA PISCINE, C'EST DRÔLEMENT BIEN POUR SE MUSCLER EN SOUPLESSE !
TE FATIGUE PAS, C'EST PAS MOI QU'IL FAUT CONVAIN-CRE.
ET PUIS DE TOUTE MANIÈRE, VU QUE C'EST DEMAIN...
MMH...
IL A SANS DOUTE RAISON...
ELLE A PROBABLE-MENT DÉJÀ PRÉVU AUTRE CHOSE.
JUS D'ORANGE 100 %
果汁100%

OUAIS, C'EST SÛR.
ELLE IRA SUR LA TOMBE DE KAZUKI TSUDA.
BON, ALORS LAISSE TOMBER CE PLAN PISCINE.
C'EST LA CRAMPE À COUP SÛR !
OUAIS ...
J'ABANDONNE POUR CETTE FOIS.
NERIMARIN WATERPARK

JE PRÉFÈRE NE PAS L'ENTENDRE ME DIRE QU'ELLE A AUTRE CHOSE DE PRÉVU.
PFFF... ME VOILÀ DÉSŒUVRÉ...
QU'EST-CE QUE JE VAIS FAIRE DEMAIN ?
YAMATO !
HONOKA...
QUELLE CHALEUR, HEIN ?
EH OUI, ON EST EN JUILLET.
...
HEM...

IL FERA SÛREMENT TRÈS CHAUD DEMAIN AUSSI.
FLAP
FLAP
...
PROBABLE...
TU AIMES LA CHALEUR, TOI ?
BOF, PAS TROP, NON.
ÇA ALORS ! MOI NON PLUS, FIGURE-TOI !
N... NON, NON ! PAS DU TOUT, VOYONS !
GNUSH
BON, SI TU LE DIS...
TU VEUX QUELQUE CHOSE, HONOKA ?
EN FAIT, SI !
?
JE VEUX TE DEMANDER QUELQUE CHOSE !

EST-CE QUE...
ÇA TE DIRAIT ...
D'ALLER À LA PISCINE AVEC MOI ?
HEIN...
ENSEMBLE ?
SI TU VEUX PAS, TANT PIS, HEIN !
BVUM BVUM BVUM
C'EST PAS GRAVE DU TOUT ! CE SONT DES ENTRÉES GRATUITES QUE M'A OFFERTES LA FILLE DU CÂBLE !
BEN...
DE QUOI VOUS PARLEZ, TOUS LES DEUX ?

EH ! MAIS C'EST DES ENTRÉES POUR LA NOUVELLE PISCINE QUI VIENT D'OUVRIR !
MIKI...
ILS ONT UN SUPER TOBOGGAN GÉANT, IL PARAÎT ! VOUS Y ALLEZ DEMAIN ?!
GÉNIAL !
JE VEUX Y ALLER MOI AUSSI !
HEIN ?!
M... MAIS JE...
...
J'ADORE ÇA, LA PISCINE ! TROP COOL !
MOI AUSSI, ÇA M'INTÉRESSE !
JE PEUX VENIR, YAMATO ?!
EUH... ON SE CONNAÎT ?
?!
KENJI KOBAYAKAWA SPRINTER ESPOIR 1ER AU 200 MÈTRES

ET DE QUATRE ! JE SENS QU'ON VA S'ÉCLATER !
EH !
J'AI JAMAIS DIT QUE J'Y ALLAIS, MOI...
AH...
SUZU-KA !
TU VIENS À LA PISCINE AVEC NOUS, DEMAIN ?!
DASH
EUH... MIKI !
À LA PIS-CINE ?

OUI, ON EST DÉJÀ QUATRE. ALLEZ, VIENS !
BEN ...
PLUS ON EST DE FOUS, PLUS ON RIT !
SUZUKA AUSSI ?
ALLEZ, QUOI ! TE FAIS PAS PRIER !
NE LA FORCE PAS SI ELLE N'A PAS ENVIE...
ELLE ACCEPTERA JAMAIS...
LAISSE TOMBER CE PLAN PISCINE.
C'EST LA CRAMPE À COUP SÛR.

JE SAIS TRÈS BIEN...
QU'ELLE VA ALLER SUR LA TOMBE DE KAZUKI.
ZIEUT
...

OK, POUR-QUOI PAS.

HEIN ?!
COOL ! ET DE CINQ !
CALME-TOI, MIKI...
J'AI RÊVÉ OU BIEN...
ELLE M'A REGARDÉ ?

N... NON...
JE ME FAIS DES IDÉES...
ÇA VA PAS, YAMATO ?
S... SI, SI, ÇA VA TRÈS BIEN !
ENFIN BON...
J'EN REVIENS PAS D'ALLER À LA PISCINE AVEC SUZUKA...
VIVEMENT DEMAIN !

EMERSON ARIMA (PREMIÈRE)

Anniversaire : 7 juillet (cancer)
Taille : 180 cm
Poids : 72 kg
Groupe sanguin : A

Ce qu'il aime :
- L'athlétisme.
- Les aquaparcs.
- Les langues de chat.

Ce qu'il n'aime pas :
- Kazuki Tsuda.
- Recevoir des ordres.
- Les légumes saumurés.

Son objectif :
Courir le 100 mètres en 9 secondes.

OUAAAAH!!
J'ARRIVE PAS ENCORE À LE CROIRE...
ZIEUT
POURQUOI SUZUKA EST-ELLE VENUE AU LIEU D'ALLER AU CIMETIÈRE ?
EST-CE QUE...
C'EST MA PRÉSENCE QUI L'A DÉCIDÉE ?
NOUS VOILÀ !
STAM

涼風
SUZUKA
#31 FEU D'ARTIFICE

OUAH !
WOW
...
KENJI KOBAYAKAWA SPRINTER ESPOIR PREMIER AU 200 MÈTRES
AH... SUZUKA A PLUS DE POI-TRINE...
QU'IL N'Y PARAÎT...
SCRUTT
ARRÊTE DE ME FIXER COMME ÇA !
N...
N'IMPORTE QUOI ! JE NE TE REGAR-DAIS MÊME PAS !
DIS DONC, YAMATO ! ÇA TE TRAVAILLE TANT QUE ÇA ?
T'ES OB-SÉDÉ !
PUIS-QUE JE VOUS DIS QUE JE NE LA REGAR-DAIS PAS !
JE SUIS INNO-CENT !
TODOM
C'EST MOI QU'IL FAUT REGAR-DER, YAMA-TO...

MERCI, MAIS JE NE SAURAIS PAS QUOI FAIRE DE CES ENTRÉES, JE N'AI PERSONNE POUR M'ACCOMPA-GNER...
AH BON ?
TU N'AS QU'À INVITER UN GARÇON QUI TE PLAÎT...
ET LUI EN METTRE PLEIN LA VUE AVEC UN JOLI MAILLOT !
MERCI DU CON-SEIL !
J'AI MÊME ACHETÉ UN MAIL-LOT DE BAIN !
SI SUZUKA A ACCEPTÉ DE VENIR PARCE QUE JE VENAIS AUSSI...
IL FAUT QUE JE ME MONTRE ENTREPRE-NANT...
VIENS, SUZUKA ! ON VA ESSA-YER...
LE TOBOG-GAN !
HEIN ?
AH !
NE COURS PAS, MIKI, C'EST DANGE-REUX !
DÉPÊ-CHONS-NOUS ! APRÈS, IL Y AURA LA QUEUE !

ZIEUT
ALLONS-Y AUSSI, HONOKA !
IL Y A UN BASSIN À VAGUES, PAR-LÀ !
GNAP
?!
T... TU VIENS AVEC NOUS, YA-MAT...
NON, C'EST BON, ALLEZ-Y SANS MOI !
JE RESTE PAR ICI.
M... MAIS...
ALLEZ ! VIENS !
SI J'ASSURE BIEN AUJOURD'HUI...
J'AI UNE CHANCE DE ME RAPPROCHER UN PEU DE SUZUKA.

OUAAAAH !
KYAAAAH !
ZUT ! MA CULOTTE REMONTE !
ELLE NE SERAIT PAS UN PEU TROP PETITE POUR TES FESSES ?
SPLASH
ELLES EN ONT ENCORE POUR LONGTEMPS ?
DÉJÀ UNE HEURE QU'ELLES SONT AU TOBOGGAN...
PFF ...
ELLES ONT L'AIR DE S'AMUSER...

AH ! LE VOILÀ !
YA-MATO !
TADADADA
HO-NOKA ...
TU NE NAGES PAS ?
ON S'AMUSE BIEN, TU SAIS !
NON, JE SUIS BIEN LÀ, MERCI.
ZIEUT

IL REGARDE SUZUKA...
HNNG
...
DIS, YAMATO...
MMH ?
TU NE CROIS PAS QUE MON MAILLOT EST TROP PETIT ?
J'AI L'IMPRESSION QU'IL ME SERRE UN PEU...

AÏE ! J'AI UNE POUSSIÈRE DANS L'ŒIL !
HEIN ?!
JUSTE AU MAUVAIS MOMENT !
HONOKA ! JE TE CHERCHAIS PARTOUT !
TU VIENS AU TOBOG-GAN ?
DASH
HEIN ?
MAIS JE...
ALLEZ, VIENS ! ÇA A L'AIR FUN !
GWIP
ARRÊTE, KENJI... NE ME TIRE PAS COMME ÇA...
MH...
FROTT
SUZUKA... ELLE S'APPRO-CHE !
FWAP
JE DOIS SAISIR MA CHANCE !

SUZUKA ! JE VAIS ACHETER UNE BOISSON, TU VEUX QUELQUE CHOSE ?
AH…
TODOM
TODOM
DIS-MOI QUE TU M'ACCOMPAGNES…
OH OUAIS ! BONNE IDÉE ! J'AI SUPER SOIF !
FWAP
AH !
ALORS, QU'EST-CE QUE TU PRENDS, SUZUKA ?!
MMH… UN SODA MELON.
OK !
APRÈS ÇA, ON IRA AU BASSIN À VAGUES, OK.
SI TU VEUX !
…
J'AI L'IMPRESSION QU'EN FAIT…
ELLE VOULAIT JUSTE VENIR À LA PISCINE, C'EST TOUT…

AH ! C'ÉTAIT SUPER ! JE ME SUIS BIEN AMUSÉE !
MOI AUSSI !
SUGER BABY
FINALE-MENT...
JE N'AI PRESQUE PAS PU ÊTRE AVEC YAMATO..
ALLEZ ! ON MANGE UN MOR-CEAU ET ON RENTRE !
BON-NE IDÉE !
FLOM
OUAH !
AH...
HÉ ! ATTEN-DEZ-MOI...
TU VEUX MANGER QUOI ?
BAH... N'IM-PORTE ...

ÎLS PARTENT SANS MOI...
ÇA FAIT PLAISIR...
...
SUZU-KA...
ELLE M'ATTEND ?!
FLIFF
DÉ-SOLÉ !
FWIP

AH...
STAP
STAP
STAP
EUH...
STAP
DASH
SUZUKA, JE...

BAOOM
BAOOM
QUOI ?!
OUAH ...
BAOOM
BAOOM

C'EST JOLI, HEIN, YAMATO ?
OUAH ! GÉNIAL !
AH OUI, C'EST VRAI QUE C'EST AUJOURD'HUI, LE FEU D'ARTIFICE.
AH...
BOM
BOM
IL N'EST PAS LÀ...
ET SUZUKA NON PLUS...
UN FEU D'ARTIFICE...
OUAIS ...

TU TE RAPPELLES ?
IL Y EN AVAIT UN AUSSI, LE JOUR OÙ ON EST ALLÉS À FANTASY LAND.
AH...
AH...
QUEL CON ! POURQUOI JE PARLE DE ÇA, MOI ?
EUH... NON, JE... ENFIN...
ALLEZ, ON Y VA...
LES AUTRES DOIVENT NOUS CHERCHER.
... !
ATTENDS...
SOUVIENS-TOI DU RÂTEAU QUE TU T'ES MANGÉ LA DERNIÈRE FOIS QUE TU L'AS EMMENÉE QUELQUE PART.
ÇA NE T'A PAS SERVI DE LEÇON ?

TODOM
SU-
ZUKA,
JE...
TODOM

AH VOUS VOILÀ !
OÙ ÉTIEZ-VOUS PASSÉS ?!
... !
FWUP
AH ...
...

À SUIVRE DANS LE VOLUME 5

LES MYSTÈRES DE SUZUKA

LA RÉSIDENCE ASAHIYU

MYSTÈRE N° 1

VOUS DEVEZ MAINTENANT ÊTRE FAMILIERS DE L'IMAGE CI-DESSUS QUI EST DÉJÀ APPARUE À DE NOMBREUSES REPRISES. COMME VOUS POUVEZ LE VOIR, CHAQUE STUDIO DE LA RÉSIDENCE ASAHIYU DISPOSE D'UNE FENÊTRE PLACÉE À CÔTÉ DU BALCON. ET POURTANT, IL N'Y EN A PAS LA MOINDRE TRACE DANS LA CHAMBRE DE YAMATO. POURQUOI ÇA, ME DEMANDEREZ-VOUS ? EH BIEN, NUL NE LE SAIT.

MYSTÈRE N° 2

LES TROIS PLANCHES CI-DESSOUS NOUS MONTRENT LES APPARTEMENTS DE YAMATO, DE SUZUKA ET DE LA PROPRIÉTAIRE. OR, ON PEUT Y OBSERVER LA MÊME PENDULE. DIFFICILE D'IMAGINER QU'ILS AIENT ACHETÉ TOUS LES TROIS LE MÊME OBJET PAR PUR HASARD. IL EST SANS DOUTE PLUS NATUREL DE SUPPOSER QU'IL S'AGIT D'UN CADEAU DE BIENVENUE OFFERT PAR LA RÉSIDENCE ASAHIYU AUX NOUVEAUX ARRIVANTS.

☆ LA SEULE FENÊTRE CHEZ YAMATO EST CELLE QUI CONDUIT AU BALCON.

LA CASE CI-CONTRE NOUS MONTRE YAMATO ET SUZUKA SORTANT DE LEUR STUDIO RESPECTIF POUR ALLER AU LYCÉE. COMPTE TENU DE CE QUE L'ON SAIT, ON PEUT DONC EN DÉDUIRE QUE LA DISPOSITION DES PIÈCES EST CELLE DU SCHÉMA CI-DESSOUS.

MYSTÈRE N° 3

☆ UN MATIN COMME UN AUTRE...

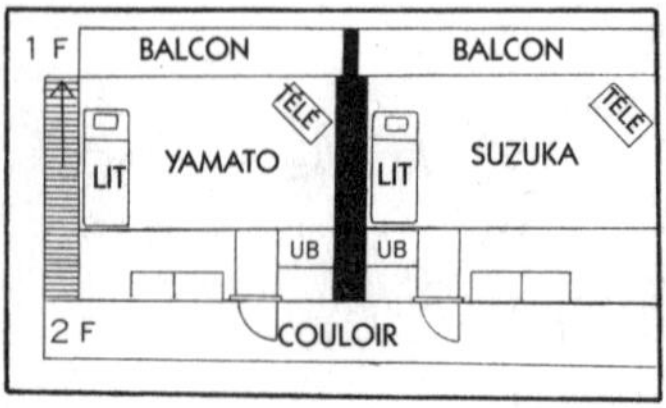

POURTANT, LE TROU DANS LE MUR, QUE DÉCOUVRE YAMATO AU DÉBUT DE L'HISTOIRE, SE TROUVE DU CÔTÉ DE SON LIT ET DÉBOUCHE DU CÔTÉ DE LA TÉLÉ DANS LA CHAMBRE DE SUZUKA.
SI L'ON SE FIE AU SCHÉMA CI-DESSUS, YAMATO DEVRAIT ATTERRIR DANS LES ESCALIERS.
FAUT-IL EN DÉDUIRE QUE CE TROU EST RELIÉ À UNE DISTORSION DE L'ESPACE-TEMPS QUI, PAR HASARD, A CONDUIT YAMATO DANS LA CHAMBRE DE SUZUKA ?
SI C'EST BIEN LE CAS, NOTRE HÉROS RISQUE UN JOUR OÙ L'AUTRE DE SE RETROUVER PROJETÉ DANS UNE AUTRE DIMENSION...

ENQUÊTE MENÉE PAR LE BUREAU SEO DANDEI.

Titre original :
SUZUKA, VOL. 4

First published in Japan in 2004
by Kodansha Ltd., Tokyo.
Publication rights for this french edition
arranged through Kodansha Ltd., Tokyo.

French translation rights : Pika Édition

Traduction et adaptation : Sylvain Chollet
Création d'illustrations : Pika Graphics

ISBN : 978-2-84599-800-1
Dépôt légal : décembre 2007
Imprimé en Italie par Legoprint
Diffusion : Hachette Livre

ATTENTION !

Ceci est la dernière page
du quatrième épisode de Suzuka.
Pour lire le début de ce volume,
il faut retourner le livre.

Une petite explication vous donnera
le mode d'emploi du sens de lecture,
fidèle à l'original, de droite à gauche,
selon le souhait de son auteur,
Seo Kouji.